Sandra KIRCHNER

Temps de vie en nouvelles

Éditions Baudelaire

Envois de manuscrits :
Éditions Baudelaire – 27, place Bellecour – 69002 Lyon

Sommaire

Douce liberté
2022

Douce Liberté

Sortir. S'échapper. Je ne ressasse que ces mots depuis que l'on m'a enfermé ici avec les autres. Évidemment, nous savons tous que sortir de cette prison par nous-mêmes est un rêve fou, mais je ne cesse d'y croire. Dès notre naissance, nous nous sommes vite rendu compte que notre issue serait fatale, mais l'espoir nous donne la force de tenir et de garder notre éclat. L'espoir, c'est cette petite flamme qui scintille au fond de chacun de nous et que les plus forts cherchent à éteindre, car ils savent que tant qu'elle existe, nous ne serons jamais résolus à suivre la mortelle route qui nous a été tracée.

Solidaires, nous nous considérons comme des frères, même si nos couleurs diffèrent. Nous avons appris à vivre ensemble. Nous avons connu la chaleur qui nous ternissait, le froid qui nous rigidifiait et tout cela a forgé notre caractère. Nous ne parlons guère entre nous mais nous avons développé une sorte de sixième sens et au fond de chacun de nous, nous savons ce que ressentent les autres en étant à leur contact. Et vous pouvez me croire, nous désirons tous ardemment notre liberté. Nous avons entendu des histoires racontant que des prisons s'étaient ouvertes par mégarde et que nombre de nos frères s'étaient échappés furtivement. Certains se sont cachés sous d'étranges choses en roulant sur eux-mêmes, d'autres ont sauté le plus loin possible et se sont échappés dans la nature. Ce sont nos gardiens qui se racontent ces fabuleuses histoires, nous sommes certains qu'elles sont vraies. Nous n'espérons qu'une chose : que notre prison se brise aussi et que nous saisissions notre chance pour accéder à la liberté. Nous savons que nous sommes incapables de détruire les murs qui nous encerclent. Aucun de nous ne sait faire de feu, personne ne possède d'objet tranchant, et, évidemment, notre corps est si lisse que nous ne pouvons pas endommager les parois qui nous enferment. Nous sommes les créatures les plus inoffensives qui soient et pourtant, nous sommes enfermés comme des bêtes sauvages.

Voilà maintenant des mois que nous sommes plongés dans le noir. Par moments, une porte s'ouvre au-delà de notre prison et la lumière nous parvient furtivement, mais quelques secondes seulement après, celle-ci se referme et l'obscurité la plus totale règne de nouveau. Mais aujourd'hui, la porte est ouverte depuis plus d'une minute… On entend nos gardiens parler à voix basse. Ils tâtonnent, atteignent nos murs, hésitent, et finalement, nous voilà transportés à la lumière du jour. Quelle éclatante clarté ! Nos couleurs brillent de mille feux, émerveillant nos gardiens qui nous observent avec de grands yeux.

— Allons dehors, dit l'un d'eux, on ne nous verra pas comme ça.

Et nous voilà emmenés à l'extérieur sans aucune délicatesse. Nous nous bousculons mes frères et moi, nous roulons les uns sur les autres dans la plus grande pagaille. Que vont-ils faire de nous ? Ces gardiens sont plus jeunes que ceux qui nous avaient enfermés dans le noir. Ils semblent moins expérimentés, leur intention serait-elle de bon augure ?

Mais nous comprenons rapidement que ce n'est pas le cas. C'est même pire.

Le toit de notre prison se brise et, sans aucun scrupule, leurs mains nous attrapent. Nous ne savons pas nous défendre et ils le savent. Au beau milieu de la cohue, je vois mes frères disparaître les uns après les autres à une vitesse effroyable. Les gardiens en capturent parfois même trois en même temps. Je sais que mon heure approche… Voilà que je suis choisi à mon tour.

Je suis hissé avec violence hors de ma prison et plongé directement dans une caverne noire et humide. Les rochers s'entrechoquent sur les côtés et je comprends que c'est ici que mes frères sont morts, broyés sans pitié. Je sais que c'est maintenant mon tour. Je n'ai pas peur. Je suis prêt. La liberté ne sera pas pour moi. Mon corps, tout comme mon rêve, est sur le point d'être anéanti. Au moins la mort sera rapide, je n'aurai pas à supporter la douleur.

Mais à peine quelques secondes après être entré ici, voici que j'entends :

— Non je n'aime pas les noirs !

Et me voilà expulsé hors de la grotte, accompagné d'une mare humide et visqueuse…

Libre.

Franck prit violemment la boîte de bonbons Dragibus des mains de sa sœur :

— Plus jamais tu me donnes des noirs t'as compris !

— T'étais pas obligé de le recracher comme ça… lui rétorqua-t-elle.

Et les deux enfants reprirent leur dégustation, à l'insu de leur mère.

Juste un jeu

Juste un jeu

Hiver 1939-1940, France

Un tapis blanc recouvrait la terre. Une magnifique danse faisait virevolter les flocons qui descendaient d'un paradis inconnu vers cette terre de sang. Un souffle de vent glacé accompagnait ces danseurs blancs, s'amplifiant à mesure que le temps passait. De temps à autre, une langue de neige se mettait à tourner, s'enfuyait, puis se brisait contre les parois de quelques maisons, rompant la majestueuse danse, tuant la pauvre ballerine cassée dans son élan. Il suffisait d'un mur. Comme il suffit d'une arme pour briser un homme.

Mais le mur contre lequel la danseuse avait été tuée renfermait encore un morceau de bonheur. Au chaud, dans leur salon, un père et sa fille jouaient ensemble à leur jeu favori. Comme tous les mercredis soir. La petite Alice était sur le point de lancer le dé à son tour. Elle ferma les yeux, serrant le petit cube du destin dans sa main d'enfant, et le lança. Un six! Allez un six! Si je fais un six je tomberai sur la rue qui me manque et je pourrai l'acheter et comme ça, je construirai plein de maisons et Papa perdra parce qu'il ne pourra pas me payer quand il tombera dessus ! Du haut de ses six ans, la petite fille construisait des projets à une vitesse surprenante. Le dé tournait sur lui-même, ne semblant jamais vouloir s'arrêter. À croire que cette partie de Monopoly durerait éternellement.

— Quel lancé Alice ! s'exclama son père.

— Je vais faire un six ! Tu vas voir je vais faire un six ! Je l'ai pensé si fort que je vais faire un six !

Le père se mit à rire. Ah, s'il suffisait de penser fort pour obtenir ce que l'on désire… Mais il continua de sourire, enviant la vision si simple du monde par sa fille. Alice croyant aux merveilles… Le dé tournait toujours, se rapprochant dangereusement du bord de la table. Le destin n'arrivait manifestement pas à se décider. Alice, les yeux rivés sur l'indécis, serrait étroitement ses lèvres. Au loin, on entendit un vague son, celui du téléphone. Sa mère décrocha. Plus un bruit dans la maison. Le dé tournait toujours. Dans la pièce voisine, on entendit soudain un sanglot. Le dé tomba à terre. Alice se leva vivement :

— Oh non !

Puis elle ajouta, en se tournant vers son père, qui, troublé, avait levé les yeux du jeu :

— Par terre ça ne compte pas… Et j'ai fait un six…

Alice était très à cheval sur les règles. En aucun cas elle ne voulait tricher.

Son père, devant l'air si attristé de sa fille la prit dans ses bras.

— Ce n'est pas si grave. Et puis, il y a peut-être une solution. Tu sais, on peut dire que le sol de la maison fait partie d'un jeu.

— Ah oui ?

— Oui. Le monde entier n'est qu'un grand jeu, où nous sommes nous-même les figurines.

— Et le dé ?

— Le dé de notre monde, nous ne l'avons jamais vu. Mais pour en revenir à nous, le résultat du dé compte s'il est sur le jeu. Donc, ce dé qui est tombé sur le tapis, est en fait un tout petit dé d'un très grand jeu.

— Donc mon six compte ! ?

— Bien sûr ma chérie !

— Youpi !

Alice retourna vivement sur sa chaise, avança sa figurine, et triomphante, dit à son père :

— J'achète !

Mais elle voyait bien qu'il ne l'écoutait plus.

— Attends un peu ma puce.

Il se leva, et disparut dans la pièce voisine, fermant la porte derrière lui. Alice pensa qu'il était peut-être mauvais joueur. Elle se rendit à la fenêtre, attendant patiemment que son père revienne, regardant les étoiles, y cherchant quelques merveilles. Dehors, la danse s'était arrêtée, la musique s'était tue, le souffle avait expiré. Tous les danseurs reposaient paisiblement dans leur tombeau blanc. Après quelques minutes, la porte s'ouvrit doucement. Deux doux bras glacés l'enveloppèrent. Un baiser humide se déposa sur sa joue. Sa mère s'assit alors avec elle sur le tapis. Alice fronça les sourcils. Son étreinte était plus forte que jamais, telle une naufragée s'accrochant au dernier morceau du navire à peine coulé.

— Maman ?

Celle-ci soupira tristement.

— Maman ? insista la petite.

Elle la serra davantage. Après quelques secondes, elle put parler :

— Alice, tu sais, Papa va aller faire un jeu. Un jeu pour les grands. Un jeu de garçon. Et nous ne pouvons pas l'accompagner.

— Mais pourquoi !

— C'est comme ça.

Elle s'arrêta un instant, tourna la tête pour écraser une larme qu'elle ne voulait pas montrer à sa fille, et reprit :

— Le jeu va durer un certain temps tu sais.

— Plus d'un jour ?

— Oh oui, beaucoup plus qu'un jour.

— Plus ! Mais c'est pas possible !

— Il y a des jeux qui peuvent durer une éternité tu sais…

Elle tourna de nouveau la tête.

— Papa partira demain ma chérie, en rentrant de l'école il ne sera plus là.

Le petit cœur d'Alice se serra, ses yeux brillèrent :

— Mais il reviendra quand ?

— On ne sait pas. Personne ne le sait. Peut-être dans un mois, ou dans deux, peut-être un an… ou peut-être…

Mais elle ne tint plus et s'enfuit précipitamment du salon. Alice, seule, avait le regard vide. « Après l'école Papa ne sera plus là »… Mais maman a dit qu'il reviendrait… Il fallait qu'elle en soit sûre. La petite blondinette se rua alors dans la cuisine, où son père, la tête entre les mains, était secoué de sanglots.

— Papa ?

— Oui mon ange, répondit-il dans un souffle à peine audible.

— Quand ton jeu sera terminé, tu reviendras hein ?

— Mais bien sûr ma chérie.

Il la prit dans ses bras, de brûlantes larmes coulèrent dans le cou d'Alice. Et ces larmes lui meurtrissaient le cœur. D'infimes lames le cisaillaient de toutes parts. Elle aussi se mit à pleurer.

— Bon, alors je laisse le jeu comme il est. Et quand tu reviendras, on le terminera. D'accord ?

— D'accord ma puce.

Tous les deux restèrent blottis ainsi quelques minutes, sans rien dire. Pleurant. À cet instant, Alice sentit plus que jamais l'amour que son père éprouvait pour elle. Elle continua :

— Tu me le promets ?

— Oui ma chérie. Je te promets de revenir, et on finira le jeu, ne t'inquiète pas.

Ce soir-là, quand Alice se coucha, elle avait la certitude que son père allait revenir. Son petit cœur cicatrisa dans la nuit : Papa ne ment jamais. Il reviendra.

Un hiver passa.

Puis un deuxième.

Le Monopoly avait été déplacé dans la chambre de la petite fille et chaque jour, en le regardant, elle ne pouvait s'empêcher d'espérer revoir son père. Beaucoup de choses avaient changé déjà : Samuel, un petit garçon de sa classe, était parti lui aussi. Mais quand Alice avait demandé à sa mère où il avait bien pu aller avec ces policiers, elle lui avait répondu que lui aussi allait faire un jeu, mais un jeu très différent. Elle n'avait rien ajouté d'autre.

Un troisième hiver arriva, sans apporter davantage de nouvelles.

La poussière s'accumulait sur le jeu. Mais Alice refusait toujours de le ranger.

Un quatrième hiver passa.

Au printemps, Alice apprit ce qu'était réellement le jeu de Papa par la bouche de Lola, une de ses amies. Le jeu s'appelait La Guerre. Le père de Lola aussi était parti. Mais Lola savait dorénavant qu'elle ne le reverrait plus. Sa mère avait reçu une lettre la veille. Après avoir longuement pleuré, elle lui avait alors expliqué que son père ne reviendrait plus jamais, qu'il s'était endormi pour toujours. Alice eut peur. Mais, toujours dans l'attente, elle ne perdit pas espoir. Sa mère au contraire se murait dans un silence de plus en plus profond à mesure que les jours passaient.

Un cinquième hiver s'acheva.

Cette année-là, Alice traversa une période très difficile. Depuis plusieurs mois, la petite fille affirmait voir son père devant elle chaque soir, et quelquefois même pendant la journée. Vêtu d'un uniforme de guerre taché, mal rasé mais toujours souriant, Alice disait qu'il lui parlait de ses aventures. Les adultes ne firent pas attention au début, mais cette paranoïa persistait. Sa mère, malade, avait des œillères. En mai, il n'y eut pas classe. Plusieurs amis d'Alice eurent la chance de retrouver une vraie famille. Mais pas elle. Les mois passèrent… Alice se refermait sur elle-même. Sa mère, toujours malade, l'entendait souvent crier le soir lorsqu'elle était dans sa chambre. Elle pleurait, explosait. Le malheureux espoir ancré en elle s'éteignait. À voix haute, elle exprimait tout ce que son petit cœur renfermait depuis tant d'années. Des lamentations, des incompréhensions, la sensation d'avoir été trahie. Elle criait tout cela à son père, affirmant toujours le voir. Pourquoi tu n'es pas revenu ? Pourquoi les autres et pas toi ? Tu n'es qu'un menteur ! À ces mots, la mère d'Alice décida qu'il était grand temps que sa fille ait de l'aide. Qu'elle accepte la mort, qu'elle comprenne que son père n'avait pas choisi sa fin. Que personne ne peut prévoir l'avenir, qu'une promesse n'est pas toujours réalisable. Elle prit rendez-vous chez un psychiatre renommé. Mais Alice refusa d'y aller. Papa est là, disait-elle. Il m'a dit qu'il reviendrait, il n'est pas mort ! Il a trouvé le moyen de s'échapper ! Sa mère soupira et, de force, l'emmena d'urgence rencontrer le psychiatre.

Ce fut intense. À mesure des séances, la petite fille se transforma. On pensa qu'elle acceptait les faits. Elle semblait comprendre. Les années passèrent.

Un soir, silencieuse, debout devant le vieux Monopoly, dernier vestige d'un bonheur fané, Alice décida de ne plus vivre dans le passé. Papa ne repasserait pas par la case départ. Il avait dû s'arrêter sur celle de la prison, et y rester plus qu'il n'aurait dû, à cause des tricheurs. Et quand les règles furent de nouveau normales, on s'était sans doute aperçu qu'il ne faisait plus partie du grand jeu depuis longtemps… Doucement, elle ôta les deux petites figurines du plateau de jeu, laissant deux ronds clairs au beau milieu de la poussière accumulée. Plus personne ne ferait de jeu à présent. Une larme coula sur sa joue. Elle s'agenouilla devant la table basse puis, délicatement, referma le jeu sur lui-même. La poussière s'envola dans les airs, tout comme la dernière lueur d'espoir de revoir son père. Comme une arme tue un homme, Alice avait l'impression qu'elle venait de tuer son père. Elle pleura. Mais ce seront ses derniers pleurs pour lui. Après viendraient les souvenirs. Le psychiatre l'avait dit. Une fois le passé accepté, on peut alors sourire aux souvenirs que l'on garde de l'être aimé. Transpercée de douleur, Alice resta agenouillée sous la pluie de cendre de son enfance. La poussière ayant atteint son apogée, elle se dispersa, et retomba lentement à ses pieds. Un grand froid l'envahit. Ce soir-là, aucune étoile ne luira dans le ciel. Les yeux encore brillants, Alice se leva :

— Tu seras toujours au fond de mon cœur Papa, dit-elle en déposant la figurine de jeu de son père au centre de la table.

Le cœur saignant, la jeune fille se coucha. Les merveilles n'existaient plus.

À son réveil, Alice resta de longues minutes sous les draps. Le regard perdu, la tête lourde, elle pensait. Sans qu'elle le sache, « Maman » l'observait par la petite fenêtre de sa porte de chambre. Enfin, Alice se redressa. La tête dans les mains, elle dirigea son regard vers la petite table où s'était déroulée la bataille de la veille. Elle eut le souffle coupé. Lentement, elle se leva et s'approcha de la table basse. Alice, les yeux écarquillés, prit fébrilement ce qui avait été déposé là durant la nuit. Il s'agissait d'une étrange feuille. Alice ne pouvait croire ce qu'elle voyait. Elle savait que cela était impossible. Et pourtant. Les mots se formaient sous ses yeux à mesure qu'elle parcourait la feuille vierge. Elle y lisait toute une histoire, tout un destin. Elle y trouvait tout ce qu'elle avait tant cherché : explications, excuse, amour. Elle pleura de bonheur. Sous la plume imaginaire de son père, son espoir de le revoir renaissait. Elle relut cette lettre des dizaines de fois. Elle tenait dans ses mains avec la plus grande précaution ce cadeau fabuleux, cette preuve qu'elle avait toujours eu raison, que Papa était bien vivant, que c'était bel et bien lui qu'elle voyait. Cette page du journal de guerre de son père n'avait pas pu arriver là autrement que par lui. Folle de joie, elle poussa brutalement la porte blanche de sa chambre et se rua dans le couloir.

— Maman ! Papa est vivant ! Regarde, c'est une page de son journal !

Mais « Maman » ne partageait pas sa joie. Alice n'y fit pas attention, elle continua :

— Je le savais ! Il disait n'importe quoi ce psychiatre !

« Maman » lâcha alors les petites feuilles blanches qu'elle tenait dans ses mains.

— Oh ! s'écria la jeune fille.

De grosses larmes coulèrent sur les joues de « Maman ».

— Tu as reçu toutes les pages du journal de Papa ! ?

Alice se précipita par terre.

— Mais pourquoi tu as tout lâché ! Mais fais attention, mais…

Une rage immense envahit la jeune fille. Alice bouillait. Comment oser traiter ainsi les vestiges de son père disparu ! Elle ramassait à toute vitesse les malheureuses feuilles blanches, les maintenait contre sa poitrine, tremblait de colère. Soudain, une main se posa sur son épaule.

— Alice, enfin… Tout ce travail… Tu ne peux pas craquer maintenant. Tu le sais qu'il est mort, lui dit doucement « Maman ».

C'en était trop. Encore un refus de la vérité, à croire qu'elle voulait vraiment assassiner son père ! Alice se retourna alors brusquement et, piétinant les feuilles sans s'en rendre compte, plaqua la pauvre femme contre le mur. Toute sa colère se concentrait dans ses mains, ses forces s'étaient décuplées.

— Tais-toi ! Tais-toi !!! criait-elle. Il est vivant, je le sais !

Ses mains serraient de plus en plus fort le cou de « Maman ». Alice ne voyait plus rien. Les larmes lui brûlaient les yeux. Elle sentait sous ses doigts le combat à vie de la pauvre femme qu'elle étranglait. Mais elle ne pouvait se résoudre à la lâcher. Soudain, trois hommes en blouse blanche l'agrippèrent. La jeune fille hurla, se débattit de toutes ses forces, mais cela ne suffisait pas. On l'enferma dans sa chambre. Pendant plusieurs minutes, elle frappa violemment contre sa porte, supplia qu'on lui rende le journal de Papa, pleura de rage, cassa plusieurs meubles puis enfin, se calma.

Dans le couloir de l'hôpital, les trois infirmiers étaient agenouillés auprès de Violette, l'infirmière personnelle d'Alice. Le psychiatre, debout devant elle, la regardait désespéré. Derrière lui, on entendait les derniers échos de la colère d'Alice.

— Elle vous prend toujours pour sa mère…

Violette acquiesça. Elle avait du mal à parler, mais expliqua rapidement ce qui s'était passé.

— Ce matin, j'ai posé sur la table la feuille blanche, comme vous me l'aviez dit. Mais elle n'était pas prête. Le dernier test a échoué : elle y a vu une page du journal de guerre de son père. Nous sommes revenus au début de la thérapie…

Elle va de nouveau voir son fantôme… Que d'années perdues… Tout est à refaire.

L'Attente
2022

L'ATTENTE

Si vous vous rendez au Port du Songe d'Eléanore,
Sur les côtes bretonnes,
Vous y entendrez conter l'histoire d'une étrange personne,
Qui, au temps des Lumières, se ferma au monde,
Et espéra à chaque seconde,
Voir au loin réapparaître,
Celui sans qui elle ne pouvait être.

Eléanore a soixante ans. Debout, sur la haute digue du port, le regard rivé sur l'océan, elle attend. Le doux soleil d'octobre caresse sa peau, stoïque et imperturbable, elle reste sous la brise. Rien ne la fera bouger d'ici. Sous ses yeux s'étend la mer, ce vaste miroir éclatant qui cache peut-être un lourd secret. Un secret qu'elle se refuse d'admettre : une nuit de tempête, le miroir n'a pas ramené son mari. Le bateau n'est jamais rentré. Mais peut-être s'est-il perdu, peut-être s'est-il échoué dans un autre port, une autre ville, un autre pays ? Rien n'est impossible. Et Eléanore en est persuadée : Laurent n'est pas sous la mer. Et voilà maintenant quarante ans qu'elle l'attend ainsi, espérant chaque jour voir réapparaître au loin le navire. L'espoir ne l'a jamais quittée. Alors que beaucoup d'autres auraient refait leur vie, Eléanore, elle, n'attend que son mari. Où est-il… ? En France, sur une île, dans un autre pays ? Prisonnier, libre ? Invalide, en bonne santé ? Peut-il au moins rentrer ? Pense-t-il à moi, à nous… A-t-il refait sa vie ? À cette pensée, Eléanore baisse la tête. Mais elle ne veut pas y croire. La vieille dame se redresse fièrement face à la mer, la défiant du regard. Il reviendra.

Soudain, quelqu'un s'approche. Une main légère se dépose sur son épaule. Quelques minutes passent. La main se resserre davantage, et la vieille dame se dégage alors doucement de la frêle étreinte. Elle sait très bien que ce n'est pas Laurent. Lui qui avait des gestes si doux mais si sûrs, qui la prenait par la taille et lui baisait le cou, qui caressait tendrement ses longs cheveux noirs. Eléanore l'aurait reconnu au moindre effleurement. Elle ne se retourne donc pas. Elle sait très bien que celle qui est derrière elle n'est autre qu'une de ces villageoises pleine de compassion exaspérante, qui lui répétait inlassablement, comme tant d'autres : « Laurent est mort, ne reste plus là. » Mais ils n'avaient aucune preuve. Personne n'avait de preuve ! Pas de corps retrouvé, pas d'épave : pas de preuve. Non, Laurent n'est pas mort.

La main se rabat plus fermement sur son épaule. La brise s'amplifie, le soleil est sur le point de se coucher. La vieille dame sent que la villageoise n'est plus seule. Sa main se fait plus insistante, elle se resserre sur l'épaule de l'imperturbable guetteuse, la forçant à se retourner. Mais Eléanore lutte. Elle ne cédera pas. Elle ne veut pas voir ces visages désolés, ces pathétiques regards, ces hypocrites qui ne veulent que son malheur. Eléanore ne veut que la paix. Qu'ils la laissent avec son espoir, ses rêves, ses certitudes. Non, Eléanore ne se retournera pas. Et pourtant.

D'autres mains l'agrippent, la tirent vers l'arrière. La vieille dame tend tous les muscles de son corps, le regard toujours fixé sur l'horizon, mais ce n'est pas suffisant. De force, elle est tournée dos à la mer. Eléanore pose alors un lourd regard haineux sur ceux qui l'ont agrippée. Elle les transperce de ses yeux noirs. Ils reculent au beau milieu de la foule. La foule. Presque tout le village est là, sur la haute petite digue du port où elle reste d'habitude seule du matin au soir. Tous la regardent, s'agitent, sourient. Eléanore n'y voit qu'une assemblée de menteurs aux rictus malhonnêtes. Leurs yeux brillent, ils semblent si heureux, si soudés, tous ligués contre elle depuis tant d'années. Leurs bouches s'ouvrent et se ferment, et Eléanore sait très bien que des moqueries sont lancées contre elle. Une vraie basse-cour. Tous d'immondes porcs venus assistés à son guet continuel, riant de son fol espoir de voir réapparaître celui qu'elle aime depuis toujours. Eléanore bout de rage.

Soudain, la foule se calme. Elle s'écarte, laissant apparaître un étrange vieil homme, soutenu par un des marins du port. Le vieil homme aussi a les yeux qui rient, il semble si heureux, rempli d'une joie si folle, tellement grande que, pour la première fois depuis bien des années, la vieille dame ressent alors ce sentiment oublié. Il approche. Elle ne l'a jamais vu au village. Mais il faut dire qu'à part la mer, elle ne faisait plus attention à rien. Elle observe l'étranger avec curiosité. Ses traits sont si fins sous ses rides, si familiers. Son sourire est si doux, ses yeux si bleus… Il ressemble tellement à Laurent. Le vieil homme la contemple en avançant. Ses lèvres bougent. Encore des mots contre elle. Eléanore n'entend que ce qu'elle veut. Elle plisse les yeux davantage. Les cheveux gris, le visage fatigué, bien qu'illuminé de joie, la démarche boiteuse, incertaine. Un profil quelconque finalement, un nez trop droit, une main écorchée. Quelle stupide illusion. Comme si Laurent pouvait réapparaître grâce à ces imbéciles. Ce n'est pas lui. Les villageois n'ont jamais été là pour elle, ce vieillard ne le sera pas non plus. Une larme coule sur la joue de la vieille dame. Lui faire une chose si atroce, après tant d'années à attendre. Elle qui ne leur a jamais rien demandé, jamais rien fait. Comment ces monstres osent-ils présenter devant elle une pâle copie de l'homme de sa vie. Et ce vieil homme qui continue d'avancer. Il se joue d'elle…

Ses yeux pénètrent ceux de la vieille dame. Ce bleu intense, ce regard. Une étrange sensation l'envahit, elle ne sait plus quoi penser. Eléanore sent son cœur gonfler. Ses lèvres frémissent. À sa rage se mêle une douce mélancolie ; au plus profond d'elle-même, une flamme renaît de ses cendres. La vieille dame se plonge alors dans les yeux du vieil homme. Au loin, si loin, elle se rappelle… La posture sûre d'un beau marin, le buste droit face à la mer. Elle revoit ce dernier signe qu'il lui a adressé la veille de ce soir de tempête, un signe qui lui disait : je reviens ma douce. Les traits de la vieille dame se relâchent, elle respire plus lentement. Eléanore sent Laurent si près d'elle. Serait-ce lui finalement ? La brise se calme, le soleil atteint l'horizon. Le vieil homme n'est plus qu'à quelques pas d'elle. Ses yeux brillent de bonheur, mais ses lèvres continuent de bouger. Pourquoi ces mots blessants qu'elle devine ? Le dernier rayon de soleil illumine une dernière fois l'œil du vieil homme, et cet éclat la touche en plein cœur. Eléanore se souvient. Elle se souvient que, lassée d'entendre les villageois lui prononcer tous les jours les mêmes phrases prédisant la mort de celui qu'elle aimait, elle s'était refermée sur elle-même, et était devenue sourde. Puis, lassée de leur répondre, elle était également devenue muette. Elle se rend soudain compte que les villageois ne sont pas si mauvais, qu'ils lui ont ramené son cher Laurent. Celui-ci est si proche à présent. Ses lèvres forment alors les trois mots les plus beaux du monde, et il enlace tendrement la femme de son cœur. Le contact de ses mains démultiplie ses sens, son sourire la fait trembler. Ses lèvres effleurent alors les siennes et plus rien ne compte autour d'eux. Le ciel rosé de lumière assiste au plus beau des spectacles. La foule s'est tue, la mer murmure. Eléanore se sent sombrer lentement, avec une infinie douceur. Elle relève doucement la tête vers celui qu'elle a tant attendu, et plonge dans ses profonds yeux bleu océan. Gardant cette ultime image en mémoire pour l'éternité, elle pose sa tête contre la fragile poitrine de Laurent et tombe, le sourire aux lèvres, dans un sommeil infini… Au pays des songes éternels, ces deux âmes seront pour toujours réunies.

Au petit matin, quatre villageoises entrèrent dans la chambre d'Eléanore, intriguées de ne pas la voir sur la digue, comme à son habitude. Mais qu'elles ne s'inquiètent plus : la vieille dame vit maintenant dans le plus beau des mondes. Inanimée dans son lit, avec pour dernière expression un sourire de bonheur intense sur le visage, Eléanore s'est éteinte dans son sommeil.

Quel doux rêve as-tu fait pour mourir si heureuse…

la Sortie

La Sortie

Chant d'oiseau, la paupière se lève et la fragile pupille découvre une nouvelle fois lentement la pièce. Lidia connaît ce paysage par cœur. Voilà maintenant plus d'un an que cette vieille dame est allongée dans ce lit blanc, entre quatre murs bleu ciel, à l'hôpital. Accrochée à la barrière de son lit, la tête penchée vers la fenêtre, elle observe le morceau de monde en contrebas. Mi-clos, ses fragiles yeux bleus balayent doucement chaque morceau de paysage. Elle sait exactement où chaque chose se trouve. Elle connaît à l'avance les couleurs qui teinteront les feuilles des arbres lorsque le soleil déclinera une énième fois. Elle sait même à quelle heure s'allument les étoiles lorsque la nuit tombe.

Cependant, Lidia n'est pas heureuse ici, mais elle n'est pas si mal non plus après tout. On s'occupe bien d'elle. Les compliments des infirmières pleuvent chaque matin, elles sont aux petits soins pour elle. « Comment allez-vous ma belle ? Avez-vous soif ? Avez-vous mal ? » Mais Lidia ne répond rien. De toute façon elle ne peut pas. Elle se contente alors de sourire lorsqu'on s'adresse à elle. Et ce sourire vous met du baume au cœur. Lidia ne dit rien mais son sourire parle à sa place. Il vous envoie mille gratitudes. Voir une si vieille dame avec un tel sourire est une chose bien rare.

Derrière cet angélique sourire, Lidia repense à sa vie. Elle a tant vécu, tant vu, tant ressenti. La joie, le rire, la tristesse, la mort. Toutes ces sensations, elle les connaît. Elle ne voit vraiment pas ce qu'elle pourrait découvrir d'autre enfermée ici. Lidia a besoin de liberté, et elle sait où la trouver. Mais ce qu'elle demande est contraire aux lois… Car sa liberté serait le paradis et qu'elle ne peut l'obtenir seule. L'oxygène reste bien branché.

Alors Lidia soupire et continue d'attendre sa délivrance, sans que son sourire ne se fane. Mais pourquoi retenir cette femme qui ne demande qu'à être heureuse ? Puisqu'elle sait qu'elle a déjà tout donné dans cette vie, que la maintenir ici ne la rendra pas plus belle ni plus intelligente, que l'oxygène branché à elle ne la refera pas marcher, qu'elle ne parlera plus jamais et que bientôt, elle ne pourra plus sourire… Nous ne sommes pas éternels.

Lidia a connu des personnes formidables au cours de sa longue vie, des amis qui auront pour toujours une place dans son cœur, même lorsque celui-ci ne battra plus. Elle a aimé, a été mère par deux fois et a vu ses enfants grandir, puis partir. Le cœur serré elle a observé de loin la vie qu'ils se construisaient doucement, tout en veillant sur eux. Et voyant leur réussite, elle s'est alors un peu détachée d'eux pour voyager avec son mari. À travers le monde, elle a ouvert davantage les yeux sur une Terre qu'elle pensait déjà connaître. Elle s'est rendu compte que vivre virtuellement les choses ne comptait pas, que la télévision ne reflétait en rien la réalité. Devant la beauté insoupçonnée des paysages, Lidia a compris que l'homme n'était rien malgré ses incroyables prouesses technologiques. En voyant le réel contraste entre la grande vie des personnes riches et la misère de certains peuples, elle a changé de philosophie. Et toutes ces expériences l'ont fait grandir encore, elle qui pensait ne plus avoir à apprendre. Entre voyages, amis et fêtes, Lidia a bien évidemment eu ses peines. Elles font partie intégrante de la vie, et il a fallu les affronter, les surmonter. Cela l'a rendue plus forte, et lui a permis de savourer davantage la vie et ses surprises en appréciant chaque moment, sachant que les mauvais jours pouvaient réapparaître n'importe quand. La plus difficile des épreuves pour elle fut d'accepter la mort de son mari. Bien sûr, la mort est dans l'ordre des choses, mais il lui fut extrêmement difficile de se dire qu'elle allait continuer à vivre alors que celui qu'elle aimait s'en allait pour toujours. Elle a tant pleuré lorsque le cancer l'a emporté, elle a maudit le ciel de lui avoir insufflé cette maladie… Mais à quoi bon tant de rancœur, il a fallu continuer et elle l'a fait. Mais maintenant, elle aimerait aller le rejoindre, depuis le temps qu'il l'attend. Après avoir tant vécu, Lidia sait que la mort n'est pas une fin en soi et que la sienne ne le sera pas non plus, car elle laisse un souvenir impérissable dans la mémoire de ceux qui l'aiment. Lidia a vraiment réalisé tous ses rêves. Alors pourquoi la retenir…

Un léger grincement de porte se fait entendre.

— Bonjour Maman.

C'est sa fille. Lidia lui adresse son plus beau sourire et lui parle de son regard tendre où elle lui transmet tout son amour pour elle. Mais derrière se cache une éternelle requête, une demande désespérée de liberté.

Un long et doux baiser est déposé sur son front ridé. Une main caresse doucement les cheveux blancs de la vieille dame, pendant que l'autre se pose autre part, sur le lit, ou bien… près de la machine à oxygène.

Lidia ferme les yeux, un soupir lui échappe…

Le sens de ma vie
2022

Le sens de ma vie

Voilà plusieurs jours que je suis là, juché sur ce promontoire, montré comme une bête curieuse aux passants. Fier, je me dresse face à eux, cachant mon angoisse derrière mon corps reluisant. J'ai tellement peur que personne ne veuille de moi. Pourtant, je sais que j'ai tous les atouts pour plaire mais je suis tout de même inquiet. Un être aussi silencieux que moi dans ce monde bruyant a bien du mal à trouver sa place. Je ne veux pas retourner d'où je viens. J'espère chaque jour que quelqu'un m'emporte loin d'ici. L'homme près de moi n'attend que ça lui aussi. En effet, je ne suis qu'une chose à vendre pour lui alors plus vite il trouvera un acheteur, plus vite il sera riche. Il y en a tant comme moi qui attendent leur tour. Et plus il en vend, plus ses poches se remplissent. L'homme près de moi fait mon éloge toute la journée et vante mon utilité, alors que je ne sais pas moi-même à quoi je sers. Ces mots ne signifient rien pour moi. Je suis resté enfermé depuis ma création, comment pourrais-je croire ses paroles ? De grands panneaux tape-à-l'œil à mon effigie sont affichés partout autour de son stand. Ainsi, je n'échappe aux regards de personne.

Enfermé dans ce corps rigide, et étranger des hommes depuis toujours, je viens juste d'être sorti de ma prison de carton et de plastique et je rêve d'un contact humain. Je guette avidement une main avenante qui daignerait me porter de l'attention, mais dès que l'une d'elles s'approche un peu trop près de moi, mon vendeur la houspille, lui dit qu'il ne faut pas toucher, et la main se retire au plus vite. L'enfant à qui elle appartient se cache alors dans les jupes de sa mère et regarde avec crainte l'homme qui vient de le gronder tandis que sa mère le rassure en riant.

Il faut dire qu'on ne me voit pas à tous les coins de rue. Je suis une sorte de pièce unique maintenant. Il est normal que les enfants me regardent avec de grands yeux étonnés. Dans ce monde où l'électronique règne, je suis en quelque sorte un vestige du passé, un rescapé qui tente de revenir sur le devant de la scène. Je fais rejaillir des souvenirs enfouis qui rendent les aïeuls mélancoliques. Lorsqu'ils passent près de moi, je distingue une légère nostalgie qui s'installe dans leur regard, leur mémoire fait remonter une enfance oubliée, cachée au plus profond de leur âme d'adulte.

Voilà plusieurs minutes qu'un couple discute avec mon vendeur. Je tends l'oreille et tente de comprendre les bribes de leur conversation. L'homme intéressé dit que son père en avait un comme moi lorsqu'il était enfant. Il ajoute que je suis en effet très beau et que je plairais sûrement à un dénommé Louis. Une lueur d'espoir naît en moi. Il parle alors d'un achat. De mon achat. La lueur se fait lumière. Ah si je pouvais sourire et parler, je dirais à ce couple toute ma gratitude. Je les serrerais contre moi en les remerciant mille fois de me sauver de ce monde inerte auquel j'appartiens. Mais puisque je ne peux faire aucune de ces choses, j'essaierais donc d'être à la hauteur de ce qu'ils attendent de moi, je leur dois bien ça.

Une poignée de main est échangée, et mon vendeur m'enferme de nouveau dans ma prison. Elle est reçue avec délicatesse par les mains de mon acheteur, qui m'emmène au loin avec lui.

Après quelques heures, je suis alors de nouveau hissé dehors, avec précaution. On me pose doucement sur un tapis, au beau milieu d'une chambre de petit garçon, à en juger par la couleur de la tapisserie et les jouets éparpillés de-ci de-là. La porte se referme, et je suis de nouveau seul.

Mais je sais que je ne vais pas le rester longtemps. Déjà, j'entends la voix des parents qui revient, accompagnée de celle d'un enfant. Je suis curieux de découvrir à qui j'appartiens désormais. Le père ouvre doucement la porte, et la mère apparaît alors, cachant les yeux d'un petit garçon de quatre ans qui a le sourire jusqu'aux oreilles et qui trépigne d'impatience. Ce doit être le petit Louis dont il était question. Je sens que je vais me plaire ici. Ce petit être à l'air adorable. Sa mère entrouvre légèrement les doigts puis retire complètement les mains de ses yeux en criant « Joyeux anniversaire Louis ! ». Les deux grands yeux bleus de l'enfant s'illuminent alors en me voyant. Un grand cri de joie éclate et le petit garçon court dans ma direction. Il ne voit plus que moi dans cette pièce remplie de jouets. Mais que dois-je faire ? Intérieurement je panique, mais je ne laisse rien paraître. Je me laisse guider. Toujours en criant à tue-tête, le petit Louis monte sur mon dos, et c'est alors que j'ai su.

En effet, c'est ce jour-là où j'ai compris mon utilité, où j'ai su donner un sens à ma vie. C'est ce jour-là où, ironiquement, tout a basculé, pour moi comme pour le petit Louis.

En effet, une fois sur mon dos, le petit garçon s'est accroché aux poignées près de mes oreilles, a pris son élan d'avant en arrière à plusieurs reprises et, sous ses cris de joie ponctués d'un Hue ! rieur, je me suis mis à basculer.

Ainsi, je sais qu'un cheval à bascule de bois tel que moi sert à procurer un instant de bonheur aux petits enfants, et dessine un sourire des plus beaux sur les lèvres de leurs parents.

La ville
de Théo
2022

La ville de Théo

Ce petit bonhomme habite une ville assez étrange. Jamais vous n'en verrez de telle. Unique en son genre, pleine de couleur, changeante à chaque seconde, il y fait bon vivre. Aussi incroyable que cela puisse vous paraître, toutes les maisons sont bleues et rouges dans cette ville. Exceptée celle d'une dénommée Lili. La sienne est jaune et rouge. Certaines de ces maisons n'ont pas de porte, d'autre pas de fenêtre, et quelques-unes n'ont pas de toit. Mais quelle importance? De toute façon il ne pleut jamais dans cette ville. Le ciel est toujours clair, les nuages sont absents. Seuls quelques courants d'air viennent parfois perturber la tranquillité de la ville, mais les arbres ne sont jamais agités par ce vent. Parfois, quelqu'un les change même de place. C'est assez amusant. On s'y fait rapidement. Cette petite ville ne compte qu'une dizaine d'habitants, vivant en harmonie, au gré des humeurs des Géants. Il est agréable de les regarder: ils sourient tous à longueur de temps, quelles que soient leurs émotions. Comme dans toutes les villes du monde, il arrive bien sûr quelques tristes tragédies comme la perte d'un chien ou un cambriolage, mais rien de trop atroce. En ce moment même, notre petit homme se rend à l'hôpital où sa petite sœur Lola l'attend. Elle est subitement tombée malade la nuit dernière. On ne sait pas ce qu'elle a. Mais il ne s'en fait pas. Il sait qu'Ils ne la feront pas mourir. Ils n'ont pas encore l'âge pour de telles histoires. Le voilà arrivé. Lola lui saute dans les bras. Il lui a manqué. Elle se met alors à lui raconter sa journée. Il reste là, planté dans son fauteuil à l'écouter. De toute façon il n'a pas le choix.

— Lola est tombée malade ! C'est son frère qui me l'a dit au téléphone. Je cours la voir !

— Fais attention à toi Tina.

— Oui Maman.

Tina sort de sa maison et trottine en direction de l'hôpital. Elle ne regarde même pas où elle met les pieds, de toute façon le trottoir est lisse comme du carrelage, elle ne risque pas de buter contre quelque chose. La petite fille passe devant l'unique boulangerie de la ville. Elle s'arrête y acheter des bonbons, même si elle ne peut pas les manger. Puis la voilà qui ressort. Elle est pressée de voir Lola, Tina arrive donc en quelques secondes à l'hôpital. Elle entre dans la chambre, s'assoit par terre, et écoute ce que Lola raconte à son frère qui n'a pas bougé d'un pouce. Les minutes passent. Lola est très bavarde, mais voilà les médecins qui arrivent.

— Lola va beaucoup mieux. Elle peut sortir, déclarent-ils.

— Youpi ! crient les deux petites filles.

Main dans la main, les deux amies quittent alors l'hôpital pour aller jouer au parc, sous l'œil vigilant du grand frère. Lola et Tina s'installent sur les balançoires.

— Hé Lucas ! Regarde comme je vais haut ! crie Lola à son grand frère.

— Tu veux que je te pousse encore plus haut ?

— Oui !

Lucas se place alors derrière sa petite sœur et la pousse si fort qu'elle s'envole dans les airs et retombe sur ses jambes quelques centimètres plus loin.

— J'ai touché le ciel !

Lucas sourit.

— On recommence ?

— Oui !

— Et moi et moi ? ! crie Tina.
— Bon d'accord, à Tina en premier cette fois.

Le jeu continue ainsi quelques minutes. Les petites sont ravies. Lucas retourne alors s'asseoir sur le petit banc rouge du parc, les laissant jouer entre elles. Soudain, une petite voix aiguë se fait entendre.
— Lucas !

Le jeune homme se retourne vivement. Une jolie jeune fille lève le bras dans sa direction.
— Oh ! Lili ! Comme je suis content de te voir ! s'écrie-t-il en allant à sa rencontre.

Au fur et à mesure qu'il se rapproche d'elle, Lucas se demande ce qu'il va bien pouvoir lui dire. Il sentirait son cœur battre la chamade s'il en avait un, il pourrait même être plus rouge qu'une pivoine, mais heureusement pour lui, son teint a une couleur d'un beige monochrome. Voyez-vous, c'est que Lucas est amoureux de Lili depuis bien longtemps. Hélas, il n'ose pas le lui dire. Lucas est très timide. Tout en avançant, il vérifie s'il est bien coiffé. Apparemment tout va bien. Il regarde alors Lili qui n'est plus très loin à présent. Elle est si jolie dans sa robe violette. Tout n'est que douceur chez elle. Un seul de ses regards est une délicate caresse sur votre visage. Un de ses sourires est un souffle de paix. Chaque mouvement, une danse lente, légèrement saccadée. Et lorsqu'elle vous serre contre son corps, c'est un nuage de satin qui vous enlace. Mais tout le monde ne la voit pas ainsi. N'oubliez pas que Lucas est amoureux, alors pour lui, Lili est la plus belle des princesses. Lucas, tout en continuant d'avancer, cherche toujours désespérément un sujet de conversation intéressant. À quoi bon lui répéter à quel point elle est belle, elle a déjà dû recevoir tant de compliments… Le sourire aux lèvres, la voilà qui arrive à sa hauteur. Et Lucas ne sait toujours pas quoi dire.

— Ça va Lucas ?
— Euh oui, oui. Et toi ?
— Ça va. On s'assoit ?
— D'accord.

Nos deux petits personnages retournent alors au banc rouge. Lucas est assez embarrassé. Ce que j'ai eu l'air bête, pense-t-il. Ils s'asseyent l'un à côté de l'autre. Un silence gênant s'installe. Au bout de quelques secondes, Lili le rompt.

— Je vais peut-être adopter un chien.

— Ah bon ?

— Oui. C'est la vieille dame près de la boulangerie qui va me le donner. Elle ne peut plus s'en occuper. Tu viendras m'aider de temps en temps ?

Quelle occasion ! pense Lucas.

— Avec plaisir, bien sûr !

— C'est très gentil à toi. Au fait, comment va Lola ?

— Elle va beaucoup mieux. Elle joue là-bas avec Tina.

— Où ?

— Là, regarde penche-toi vers moi, l'arbre te cache sans doute les balançoires.

Lili se rapproche alors de Lucas. Sa petite main rencontre la sienne. Leurs regards vides se croisent. Lucas et Lili sont plus proches que jamais. Le temps semble s'être arrêté pour assister à cet évènement tant attendu. Mais alors que leurs lèvres allaient se rencontrer, un terrible fracas se produisit. Les deux tourtereaux s'arrêtèrent net.

Au beau milieu de la rue, de jolies petites briques jaunes et rouges gisaient à terre. La maison de Lili venait de voler en morceaux. Un cri retentit.

— Hé ! Pourquoi tu as cassé la maison de Lili que j'avais construite ! ?

— Parce qu'elle était pas belle ! Et puis j'ai pas envie que Lucas fasse un bisou à Lili !

— T'es méchant ! Je joue plus avec toi !

De rage, la petite Léa jeta par terre les petits personnages qu'elle tenait dans ses mains, et donna un grand coup de pied dans l'hôpital, qui s'écroula. Elle écrasa deux arbres, détruisit trois maisons puis disparut dans sa chambre en pleurant.

Théo se rua alors dans la cuisine :

— Maman, Maman !!! Léa elle a cassé ma ville de Lego !

— Allons, soit gentil avec ta sœur, elle n'a que cinq ans…

Cliché d'un repas

Cliché d'un repas

Ravi d'avoir pu dérober ce qui était sur le bureau de son père, le petit Cédric plissa davantage les yeux pour observer son butin. Il l'ouvrit, et son imagination vagabonda immédiatement. Soudain, une des scènes immortalisée attira son attention. Sur le morceau de papier glacé, un groupe rassemblé autour d'une longue table nappée de blanc se trouvait sous ses yeux. Une grande agitation régnait, et le petit garçon décida de s'immiscer dans la peau de Sherlock Holmes, son détective préféré. Mon cher Watson, déterminons le pourquoi de ce remue-ménage ! L'enfant s'assit par terre, mit un stylo à sa bouche en guise de pipe, alla chercher sa casquette favorite, et commença son enquête.

Sur la photo, Cédric distingua trois plats posés sur la table. Dans celui du milieu, il assimila le contenu à de fines crêpes qui manquaient de cuisson. Quant aux deux autres, il eut beau rapprocher l'image de ses yeux, il ne parvint pas à les identifier. Peut-être était-ce du poisson, mais si tel était le cas, alors il était beaucoup trop grillé. Les mamans qui avaient préparé le repas pour ce grand évènement avaient des progrès à faire en termes de cuisine. Au centre de la table, un homme aux cheveux mi-longs avait une expression des plus tristes sur le visage. Ses bras écartés devant lui trahissaient un grand sentiment d'impuissance, comme si une amère évidence venait de lui apparaître. Autour de lui, presque tout le monde était sorti de table et se tenait debout.

Cédric repensa à la semaine précédente. La famille de ses cousins était venue manger chez eux, accompagnée des grands-parents.

Après avoir vidé plusieurs verres de vin, son père et son oncle s'étaient mis à débattre sur la politique, et le ton était monté très vite. À son tour, son grand-père avait pris part de manière virulente au débat. Voyant que la discussion s'envenimait, sa mère et sa tante s'étaient alors levées de table et avaient emmené les enfants jouer dehors. Sa grand-mère, quant à elle, était partie se réfugier en cuisine pour « préparer le dessert », laissant les trois hommes vociférer entre eux. Cédric reposa ses yeux sur l'image et se dit qu'il avait dû se passer un évènement similaire lors de ce repas, puisque les enfants étaient absents. Du bout de son index, le petit garçon compta treize participants. Dix semblaient être des hommes, et trois des femmes. Ce nombre d'invité n'était jamais de très bon augure d'après sa grand-mère. L'œil perçant du jeune observateur nota que la soif des convives avait été bien étanchée : les verres étaient tous quasiment vides, ce qui était cette fois très bon signe d'après les dires de son grand-père. Autour de cette table, on se serait attendu à une déferlante de bonne humeur, or, un débat animé semblait se dérouler. Chacune des personnes figées à jamais sur ce morceau de papier y allait de son opinion. Cédric s'immisça alors davantage dans son rôle de détective afin d'élucider « l'Énigme du Débat ».

La capacité première d'un détective étant l'observation, il décida donc de se concentrer sur l'attitude des participants du repas. Sur la gauche de l'homme triste s'en trouvaient trois autres. L'un d'eux, l'index levé en l'air semblait se révolter contre une fausse accusation. Juste devant lui, un autre homme en chemise verte, les bras écartés devant lui, paraissait également crier son innocence. À côté d'eux, le plus jeune participant de cette assemblée avait posé ses mains sur sa poitrine pour se proclamer innocent lui aussi. Il était évident que ces suspects-là essayaient avec véhémence de sauver leur honneur. Tout au bord de l'image se trouvait un autre groupe. Deux vieillards à la barbe grisonnante s'entretenaient avec un jeune homme vêtu de bleu qui leur désignait l'homme au centre. Cédric soupçonna ces trois-là de posséder la clé de l'Énigme car ils semblaient davantage dans la réflexion que les autres. Notre Sherlock Holmes en herbe attarda alors son regard de l'autre côté de la scène pour tenter d'en savoir davantage. Là, se trouvaient cinq autres personnes. L'homme en bout de table s'était levé, indigné, les mains appuyées fermement sur la nappe. À côté de lui, deux autres personnes essayaient de calmer les tensions tandis qu'une quatrième chuchotait quelque chose à l'oreille de son ami. Cédric aurait tellement aimé pouvoir entendre ce murmure. Hélas, le secret ne pouvait pas parvenir jusqu'à lui, il fallait donc que la solution découle de l'analyse de ses observations.

Apparemment, l'homme triste venait de porter une accusation contre quelqu'un, ou bien avait-il insinué quelque chose de très déplaisant, créant ainsi la discorde autour de la table. Mais qu'avait-il bien pu dire ? Un sujet de politique comme son oncle ? Non… Cela devait être plus grave au vu des réactions des invités. Tout à coup, Cédric se rendit compte qu'il avait omis un détail, qui s'avéra être un crucial indice. En effet, au milieu du groupe au murmure, un dernier homme était assis, et semblait très soucieux. Cédric s'aperçut qu'il tenait fermement quelque chose dans sa main : la clé de l'Énigme était là ! Aucun doute possible, c'était lui le coupable. Mais coupable de quoi… Le petit garçon n'arrivait pas à le deviner. Il pensa alors qu'un secret de famille avait dû être révélé. Une trahison, un vol, ou pourquoi pas un problème d'héritage ? Il en avait entendu parler dans un dessin animé mais n'avait pas bien compris de quoi il s'agissait exactement.

Après de longues minutes qui lui semblèrent des heures, Cédric commença à perdre tout espoir de trouver d'autres indices et d'élucider son Énigme. Il avait tout relevé minutieusement. Sa dernière tentative fut d'éloigner l'image de ses yeux pour l'observer dans sa globalité. De loin, cela ressemblait tout à fait au cliché type de la photo d'une famille nombreuse, prise par surprise lors d'un long repas traditionnel. Mais quelle idée saugrenue d'avoir photographié une dispute…

Le petit garçon posa alors ses yeux sur ce qui était écrit sous l'image. Faute d'une réponse, une terrible question jaillit alors instantanément dans son esprit. Aussi vite que pouvaient le porter ses petites jambes, il courut à la cuisine où se trouvait son père et cria :

— Papa ! Pourquoi Christ il mange plus après ? Il est puni ?

Intrigué, son père jeta un œil à l'image du livre d'art que lui tendait son fils. Il sourit, prit le livre, et s'accroupit pour expliquer ce morceau d'histoire religieuse à son fils : la légende du tableau indiquait *La Cène, de Léonard de Vinci, ou le Dernier Repas du Christ.*

Le dernier
crépuscule

Le dernier crépuscule

Au coucher du soleil, Daphnée est seule dans sa chambre, à sa fenêtre.

« Tout comme ce triste soleil descendant vers l'horizon, perdant son éclat majestueux, me voilà tombée de mon piédestal. Chute fatale : je comprends brutalement que ton amour pour moi s'est éteint. Tandis que la rassurante lumière de l'astre du jour s'affaiblit, ma vie sombre dans l'obscurité. Te voilà parti, toi qui illuminais mes jours. Ton amour n'est plus, mais a-t-il jamais existé ? Hélas, je ne le saurai jamais. Je te vois disparaître au loin avec ma fortune, au bras de cette autre femme, et je demeure impuissante face à ton horrible trahison. Mes larmes ruissellent sur mes joues, un flot incessant que je ne puis arrêter. Incontrôlable. Mais ma douleur et ma peine ne s'allègent pas pour autant… La blessure est là. Ardente. Profonde. Impossible à panser. Ces perles salées ont un goût amer sur mes lèvres tremblantes. Mon cœur ne bat plus. Il porte le poids de ma terrible souffrance et m'entraîne vers des abysses infernaux, comme une pierre attachée au cou attire vers le fond une victime innocente. Ma décadence semble sans fin… Je me souviens avoir été séduite par ton assurance et la force de tes mots ; hélas toutes ces belles paroles n'étaient que des mensonges ! Tu savais que ton sourire ravageur et ton regard perçant ne suffiraient pas, que je ne succomberais pas à un homme n'ayant qu'un physique avantageux, alors tu as su user des mots… User d'humour, de finesse, et d'intelligence. D'une grande intelligence, qui aujourd'hui se retourne contre moi. Tu cachais donc ta cruelle nature derrière ton incroyable éloquence, ton charme irrésistible et ton charisme. Oh ! Tu connais tes atouts et je vois à quel point tu as su t'en servir ! Ce n'était pas un hasard le jour où nos regards se sont croisés pour la première fois, mais bel et bien le début d'un jeu des plus monstrueux. Et le piège s'est refermé sur moi lorsque tes lèvres ont effleuré les miennes. La morsure discrète d'un serpent. Tu me susurrais des mots d'amour à l'oreille, et moi, je les écoutais, ces mots, je les croyais, je m'enivrais de tes douces paroles que je pensais sincères. Tu as trouvé ma faille et, sciemment, tu y as déversé ton venin. Tous ces présents, toutes ces promesses ! À quoi bon… Lorsque tu parlais d'avenir tu ne l'envisageais pas avec moi. Lorsque tu parlais d'amour, tu ne récitais qu'une leçon soigneusement apprise par cœur, dans le but de m'affaiblir. Lorsque tu me prenais dans tes bras, tu n'enlaçais qu'une coquille vide, pensant à cette autre. Je ne comptais pas… Je devrais jeter tous ces cadeaux qui n'avaient aucune valeur à tes yeux. Les détruire, les réduire en miettes, les remettre à l'état de poussière, aussi brutalement que tu viens de réduire mon amour en cendre. Mais je ne puis. Tu as pris une place si grande dans ma vie qu'en jetant ces présents, je jette aussi une partie de moi-même. J'ai tant de souvenirs gravés dans ma mémoire, à jamais ineffaçables. Et c'est là ce qui me fait le plus mal. La moindre chose me ramène à toi, si bien qu'affronter la vie aujourd'hui m'est devenu insupportable, je ne suis plus qu'un fantôme de chagrin. Une fleur me rappelle celle que tu m'avais offerte lors de notre premier rendez-vous ; un arbre me renvoie le souvenir d'un après-midi de printemps, assise dans l'herbe près de toi ; une odeur réveille les douloureux souvenirs de nos dîners en tête à tête. Tout converge vers toi… Toi que je devrais haïr… Mais tout mon être porte encore ta marque, tatouée au fer rouge au plus profond de moi, incandescente. Tes délicates caresses sur mes joues me brûlent toujours la peau. Tes mains chaudes sur mes épaules gardent leur terrible emprise, tandis que ta douce étreinte m'étouffe encore. Le fantôme de tes doigts dans mes cheveux m'écorche au passage, tandis que la morsure de tes délicieux baisers reste ancrée sur mes lèvres. L'Enfer de tes yeux me hante. Comment pourrais-je oublier tout cela ?

Pourtant je le dois, car je sais maintenant que tous ces gestes ne signifiaient rien pour toi. Ce n'était qu'une parade pour que je t'ouvre mon cœur. Pour que je t'ouvre ma porte, et que tu puisses me dérober ce que j'avais de plus précieux. En réalité, tu ne voyais que ce collier de rubis à travers moi. Je n'étais que la clé du coffre que tu devais utiliser. Comment as-tu pu être aussi cruel ? Manipuler une femme par l'amour est la chose la plus perfide au monde. Tu me laisses ainsi, éperdument amoureuse, ruinée et déshonorée. Dire que je me croyais la plus heureuse des femmes en étant à tes côtés ! Jamais je ne saurais vivre en sachant qu'en me donnant à toi, j'ai jeté la fortune de ma famille dans les mains d'un traître et que cette première nuit d'amour n'était qu'une mise en scène… Ton masque est tombé. Il n'y a pas pire honte que d'avoir goûté au premier amour charnel avec un être tel que toi. Mon honneur est sali, mon âme souillée, mon cœur brisé, ma confiance anéantie. Le son de ta voix résonne encore dans ma tête, un écho sournois qui me tourmente sans cesse, me poussant au bord du gouffre. Mes larmes coulent toujours, mais aucune ne peut extraire le mal que tu as disséminé en moi. La douleur lancinante persiste. Le souffle me manque. Les blessures au cœur sont les plus terribles. Une lame me transperce de toutes parts.

Voilà que le ciel se teinte d'une douce lueur… Le dernier rayon de soleil s'en va… Cet astre se couche, ce soir je me meurs, ma vie s'éteint. »

Daphnée prend un poignard.

« Funeste destin, une telle blessure ne pourra jamais cicatriser… Autant que la plaie soit béante. »

Le soleil se couche. Elle s'enfonce le poignard en plein cœur.

Lumière rouge. Le rideau tombe.

Applaudissements

Émue, Mme Savroney se tourna vers son mari.

— Quelle magnifique pièce de théâtre…

Tic-Tac

En entrant dans la salle B312 par cette fin d'après-midi pluvieuse de juin, les élèves trouvèrent leur professeur assis à son bureau, l'air grave et silencieux. Sur chaque table se trouvait une feuille blanche face cachée : interrogation surprise sans aucun doute. La plupart des élèves poussèrent des soupirs en rejoignant leur place avec mauvaise humeur, sans trop montrer leur mécontentement pour autant car ce professeur avait mauvaise réputation. L'enseignant les laissa s'asseoir, sans plus d'instruction. Son œil inquisiteur repéra quelques tricheurs qui essayaient de soulever discrètement la feuille pour connaître le sujet à l'avance. D'ordinaire, il les aurait réprimandés tout de suite, avec deux points en moins à la clé, mais cette fois il ne dit rien. Ce n'était pas nécessaire.

Alex était encore en train d'écrire un SMS lorsqu'il entendit ses camarades soupirer.

— Il abuse, c'est le dernier cours de la journée !

L'adolescent leva alors les yeux de son écran et comprit tout de suite la raison de l'agitation qui régnait autour de lui : interrogation surprise de la part de M. Lanterom. Évidemment, Alex n'avait pas relu ses leçons, comme la plupart des autres élèves d'ailleurs. Soupirant à son tour, il se dirigea vers la place qui lui avait été attribuée par le professeur lors du dernier cours alors qu'il bavardait : au 1er rang, devant son bureau. « Tiens, quelqu'un a oublié sa veste sur ma chaise » se dit-il. Il s'apprêtait à le signaler au professeur mais il se ravisa. M. Lanterom n'était pas réputé pour sa gentillesse et Alex préféra donc se passer des remarques désobligeantes qu'il pourrait subir, juste pour avoir brisé le silence de la classe. Après tout, ce n'était pas si grave qu'il y ait cette grosse veste molletonnée sur sa chaise. Il n'en avait pas lui. Il était cependant étrange que quelqu'un puisse porter une veste si volumineuse en été. Alex s'installa à son bureau et, après avoir vérifié que le professeur ne le regardait pas, souleva discrètement un des coins inférieurs de la feuille. Hélas, il ne vit rien. Les questions devaient être plus haut. Conscient du risque qu'il prenait de nouveau, il releva la tête, s'assura que M. Lanterom ne regardait toujours pas dans sa direction, puis souleva un autre coin de la feuille. Mais encore une fois il ne vit rien. Étrange… Intrigué, il fronça les sourcils et remarqua alors que le professeur s'était mis à sourire, les mains croisées sous le menton, en promenant un regard mauvais sur toute la classe. Mauvais signe.

Cela faisait maintenant presque dix minutes que les élèves s'étaient installés. Une bonne dizaine avait triché, mais aucun n'était parvenu à lire la moindre question. La feuille semblait vierge… Nonchalamment, M. Lanterom fit craquer ses phalanges, gardant son regard sombre posé sur l'assistance. Il prit ensuite entre ses mains un gros bocal transparent en verre qui traînait sur son bureau. Il s'amusa à le faire glisser lentement d'une main à l'autre. Seul le bruit du frottement du bocal sur la table résonnait dans la pièce. Le liquide visqueux s'écrasait mollement sur les parois du contenant. Ce qui flottait à l'intérieur tanguait au rythme de cette houle improvisée. Après quelques minutes, l'enseignant arrêta son petit jeu et prit un stylo. Un sourire narquois se dessina sur son visage. C'était un stylo avec un bouton-poussoir. Il entreprit alors d'appuyer dessus pour en sortir la mine, puis appuya de nouveau pour la faire rentrer. Il recommença. Encore, et encore, conscient du bruit horripilant que cela produisait, savourant l'exaspération de ses élèves. Enfin, lorsque l'atmosphère fut assez pesante à son goût, il prit la parole :

— Retournez vos feuilles, lança-t-il sèchement.

Les élèves s'exécutèrent avec empressement, et un chuchotement général s'éleva. Sur le verso de la feuille, il y avait seulement marqué « Na ». Le professeur continua, avec son sourire narquois toujours accroché aux lèvres :

— Vous avez sous les yeux le sujet de votre exposé pour la semaine prochaine.

Et sans plus de cérémonie, M. Lanterom prit son porte-documents et s'en alla. Laissant élèves, stylo, bocal et veste entre les quatre murs de la pièce. Alex regarda sa voisine de table :

— Bon ben on aura tous zéro…

— Quel gamin ! Tout ça pour se venger de la boulette de papier qu'il a reçue dans le dos mardi dernier ! ragea-t-elle en froissant sauvagement la feuille de papier entre ses mains.

Furieuse, elle se leva, prit son sac, et sortit de la classe. Après quelques minutes d'attente, tous les élèves firent de même puisque M. Lanterom ne revenait pas…

Carla, la femme de ménage du lycée, était en avance. Elle s'était assise sur un des bancs du couloir en attendant qu'une des salles de classe se vide. Elle espérait commencer son travail au plus vite pour sortir plus tôt. Aux alentours de 17 h 30, quelle ne fut pas sa surprise en voyant le professeur M. Lanterom quitter la classe seul ! Intriguée, elle l'observa s'éloigner au loin. Détendu, le professeur sifflotait gaiement. Il sortit un téléphone de sa poche, et continua son chemin les yeux rivés sur celui-ci. Quelques minutes plus tard, c'est la classe entière qui sortit dans le couloir. Stupéfaite, elle les regarda s'éloigner, sans poser de question. Elle attendit quelques minutes encore et voyant que personne ne revenait, elle poussa son chariot rempli de produits d'entretien et de balais vers la salle. Évidemment, celle-ci était vide, à l'exception d'une veste qu'un élève avait dû oublier, ainsi que d'un bocal en verre et d'un stylo qui étaient restés sur le bureau. Après un examen rapide de la pièce, Carla soupira. Le sol était vraiment sale ici, un coup de balai ne suffirait pas. Elle alla donc remplir son seau d'eau et le posa près du bureau. Armée de son balai-serpillère, elle arpenta vigoureusement la salle. Au passage, elle récupéra la veste qui avait été oubliée. Elle était lourde, et la posa sur le bureau avant de reprendre son ménage. Lorsque la sonnerie indiquant la fin des cours retentit, Carla avait presque terminé son nettoyage. Soudain, elle entendit un grand fracas derrière elle. Elle sursauta et se retourna. La veste avait glissé du bureau, et avait entraîné dans sa chute le bocal en verre qui traînait là. Le liquide visqueux qu'il contenait s'était répandu sur le sol, et en majorité sur la veste. Quant aux morceaux blancs-argentés que contenait le bocal, ils s'étaient éparpillés sur le carrelage mouillé, et les plus gros étaient sur la veste. Elle est fichue, pensa Carla, tout en pestant contre elle-même. À l'aide de sa serpillière, elle commença à rassembler tous les petits morceaux blancs près du vêtement en piteux état, mais une odeur désagréable commença à se répandre dans la pièce. Cela venait probablement du liquide contenu dans le bocal. Délaissant sa serpillière dégoulinante près de la veste, Carla se dirigea donc vers les fenêtres pour aérer la salle. Elle s'apprêtait à ouvrir la seconde lorsque la sonnerie d'un téléphone portable retentit dans la pièce. Ce n'était pas le sien. Intriguée, elle se retourna. Le son provenait de la veste. Mais quelque chose n'allait pas : une fine fumée commençait à s'échapper du vêtement. Apeurée, Carla courut s'emparer de son seau rempli d'eau, tandis que le téléphone continuait de sonner. La fumée s'épaississait et un sifflement se fit entendre. Affolée, Carla jeta alors tout son seau sur la veste, sans réfléchir. Et ce fut la dernière chose qu'elle fit de sa journée… À la sonnerie du téléphone se mêla une détonation infernale.

Le lendemain, la salle B312 était condamnée. Dans le journal local, on pouvait lire qu'une bombe artisanale avait été introduite à l'intérieur d'un lycée et qu'elle avait explosé à la sortie des cours. Deux hypothèses étaient soutenues par la police : soit cette bombe était destinée au professeur qui aurait dû être dans la salle, soit la bombe avait été déposée par le professeur lui-même. La femme de ménage qui était sur les lieux au moment des faits avait de graves séquelles. Cependant, à mesure que l'enquête avançait, il s'avérait qu'aucun dispositif explosif ne semblait être présent sur les lieux du drame…

Au même moment, le professeur M. Lanterom, plus en colère que jamais, essayait de prouver son innocence au poste de police. Avec véhémence, il ne cessait de répéter aux agents qu'il n'était pas un terroriste mais seulement un professeur de Physiques-Chimie. Son seul tort dans l'affaire avait été d'être « un peu » négligent : il aurait dû étiqueter le bocal. De son air hautain, il expliquait pour la troisième fois que la détonation n'avait pas été causée par une bombe. Ce phénomène n'était que le résultat de la réaction explosive du sodium se trouvant dans le bocal en verre, qui était entré en contact avec l'eau jetée dessus par la femme de ménage. Ce n'était tout de même pas de sa faute si elle avait fait cela !

La normalité de la différence

La normalité de la différence

— Il est beau mon dessin Monsieur ?

Voici la phrase qui me sortit de ma torpeur. Cela faisait plusieurs minutes que la fillette griffonnait un dessin sur la table près de moi. J'entendais le crissement des feutres, tandis que sa mère discutait avec la secrétaire du médecin dans la pièce d'à côté. Hormis le glissement des feutres sur la feuille, la salle d'attente était silencieuse. J'étais seul avec la petite fille. Voyant que je ne répondais pas, elle réitéra sa question, en posant son dessin sur mes genoux :

— Monsieur, il est beau mon dessin ou pas ?

J'étais bien embêté. Je pris la feuille d'une main, feignant de m'y intéresser, tout en réfléchissant à comment lui répondre. Je voulais être honnête avec cette enfant, mais je ne voulais pas la rendre triste. Dans l'attente de ma réponse, la petite fille s'intéressa à ma canne, que je tenais dans mon autre main. Je la laissais faire. Elle remonta l'une de ses petites mains jusqu'au pommeau et ses doigts d'enfants rencontrèrent alors mes doigts de vieillard. À leur contact qui ne trahissait ni compassion ni peine, je ressentis toute l'innocence qui émanait d'elle. J'en fus ému, et je souris à ce petit être qui ne connaissait encore rien aux vices de la vie. L'impression qu'elle me fit me conforta dans mon intention de ne pas la chagriner. Hélas, je ne savais vraiment pas comment lui dire à quel point son dessin était insignifiant pour moi.

— Monsieur, c'est quoi ça ? me demanda-t-elle en faisant bouger la canne dans mes mains.

— C'est ma canne, lui répondis-je en souriant gentiment.

Ayant obtenu sa réponse, elle surenchérit alors, avec une pointe d'impatience dans la voix :

— Alors Monsieur il est beau ou pas mon dessin ?

Elle posa ses petites mains sur mon pantalon au niveau de ma cuisse, et je constatai alors qu'il manquait un doigt à sa deuxième main. L'index de sa main droite était inexistant. Ça ne va pas être facile pour apprendre à écrire, pensais-je. Puis je me reconcentrais sur sa question. Être objectif quant à la beauté ou non du gribouillage qu'elle avait posé sur mes genoux m'était bien difficile, et je posais donc une question très simple pour me sortir de cette situation :

— Eh bien, qu'as-tu dessiné ma grande ?

— Bah, j'ai dessiné une montagne, me répondit-elle de sa voix enfantine teintée d'étonnement face à cette question qu'elle jugeait stupide.

Elle devait sûrement me considérer comme le dernier des niais devant une pareille évidence, mais elle s'appliqua à m'expliquer.

— Là il y a la forêt en vert, et ici le soleil, et là-haut il y a la neige en bleu, dit-elle en utilisant sa main gauche pour désigner sur la feuille les différents éléments qu'elle me décrivait.

— Ah une montagne ! Mais oui, m'écriai-je en ajustant mes lunettes. Tu sais j'aime beaucoup la montagne. Ce que je préfère, c'est m'asseoir dans les forêts. Tu peux écouter le silence. Tu peux deviner ce qui t'entoure rien qu'en tendant l'oreille. Je suis souvent allé dans les forêts quand j'étais petit, et j'ai appris beaucoup de choses. Je n'arrivais pas à voir les écureuils dans les arbres, mais je les entendais quand ils sautaient de branches en branches, et je savais parfaitement où ils se cachaient à chaque fois.

Je me perdais dans mes anciens souvenirs, et la petite écoutait. L'odeur fleurie de ses cheveux d'enfant et la délicate odeur de sa peau si jeune réveillèrent davantage ma mémoire.

— Tu sais, j'aime aussi l'odeur des fleurs de la montagne, et des sapins, lui racontai-je. Le vent dans les arbres les mélange pour former un parfum unique, et l'envoie caresser ton visage. Il faut profiter alors de ce moment-là pour prendre une grande inspiration, et laisser ce parfum offert par la nature prendre possession de tous tes sens. Lorsque je faisais cela, là-haut dans les forêts de la montagne, j'étais capable de distinguer chaque morceau d'odeur, et souvent je reconnaissais l'effluve des champignons s'il y en avait dans les parages. Y a-t-il tout cela dans ta montagne ?

— Euh… la petite réfléchissait.

J'avais conscience qu'elle n'avait certainement pas saisi le sens de tous mes mots. Emporté par mes réminiscences je n'avais pas su adapter mon discours à son jeune âge. Elle ne posa cependant pas de question et finit par affirmer :

— Bah oui Monsieur, il y a tout ça !

— Alors ta montagne est très belle ma grande, lui répondis-je avec un sourire attendri.

Je m'attendais à ce que la fillette soit contente que son dessin soit joli, mais aucun éclat de joie ne suivit ma réponse. Au lieu de cela, elle me dit au bout de quelques secondes :

— Ma maman, elle dit que mes dessins ne sont pas beaux.

— Ah bon ? Et pourquoi dit-elle cela ? lui demandais-je, intrigué.

Sa petite voix se fit plus triste.

— Parce que je n'arrive pas à bien colorier. Je dépasse tout le temps des lignes que je fais…

— Allons, tu vas y arriver bientôt, ne t'en fais pas.

La petite ne répondit pas. Je reposai le dessin sur mes genoux, tandis que de petits reniflements se firent entendre. La fillette essayait de cacher des pleurs amers qui débordaient de son petit cœur. Je pensai savoir ce qui la tracassait, et décidai de la confronter à la cause de son chagrin :

— Tu penses ne pas y arriver à cause de ta main ? lui demandais-je, en approchant ma main de la sienne.

Lorsqu'elle vit que j'allais toucher sa main droite, la petite fille l'enleva précipitamment de ma cuisse.

— Non Monsieur il ne faut pas la toucher !

Ses pleurs disparurent derrière la panique. Je lui avais fait peur, et j'en étais bien attristé. La petite crut bon de se justifier :

— Maman dit que c'est dégoûtant. D'ailleurs je n'aurais pas dû enlever mes gants, pardon Monsieur. Mais je n'arrivais pas à bien tenir le feutre avec… et comme il n'y avait personne à la table avec moi je me suis dit que ce n'était pas grave. Et puis j'ai oublié de les remettre, même si je sais que je dois toujours les porter quand je sors, me dit-elle toute penaude. Pardon Monsieur, continua le petit ange, s'il vous plaît ne le dites pas à ma maman, je vais les remettre tout de suite.

Je fus alors offusqué par ce que je venais d'entendre. Nous étions en plein été et la mère de cette petite l'obligeait à porter des gants pour cacher sa malformation. Je trouvai cela intolérable, et la questionnai en reprenant ses propres mots, avant même qu'elle ne s'éloigne :

— Comment cela dégoûtant ? Ce n'est pas dégoûtant ma grande, c'est différent. Regarde, nous allons faire quelque chose ensemble.

Je lui demandai alors de me donner l'une de ses feuilles vierges, et un livre avec une solide couverture. La petite m'apporta tout cela. Je posai alors le livre sur mes genoux, puis la feuille par-dessus, et traçai le contour de ma main droite. Je lui demandai ensuite de faire pareil, en positionnant sa main à l'intérieur de mon tracé. La petite fille s'exécuta sagement et avec minutie. La pièce redevint silencieuse, avec le seul crissement du feutre comme musique. Quand elle eut terminé, je lui demandai :

— Bien, alors quelles différences vois-tu sur cette feuille maintenant ?

La fillette resta muette. Je l'encourageais un peu, puis elle finit par répondre, la voix brisée :

— Je vois deux mains, mais la mienne a un doigt en moins.

— En effet, mais il y a une autre différence.

Comme elle n'arrivait pas à trouver laquelle, je lui donnai la réponse :

— Ma main est plus grande que la tienne.

Elle pouffa de rire légèrement.

— Est-ce que cette différence est dégoûtante ? lui demandai-je.

Elle répondit que non.

— Bien, maintenant observe nos vraies mains, continuai-je. Il y a cette fois beaucoup de différence entre tous les deux tu ne trouves pas ? Tu peux toucher ma main si tu veux, tu verras à quel point ta peau est bien plus douce que la mienne. Ne penses-tu pas que ta petite main toute lisse est bien plus jolie que ma grande main toute ridée ?

— Un peu oui, répondit-elle en voulant rester polie.

— Tu vois, ta main que tu trouvais dégoûtante est finalement plus belle que la mienne.

Elle ne sut que répondre. Je continuai :

— Tu sais, une différence peut être belle ou non selon le point de vue sous lequel on la regarde. Il ne faut donc pas se fier à ce que disent les autres, et éviter de juger les différences, lui expliquai-je. Chacun de nous a quelque chose de particulier, et il ne faut pas le cacher. Tu sais quand j'étais petit, moi aussi j'étais différent. Tu ne l'as sans doute pas remarqué, mais je le suis toujours. Mais figure-toi que j'ai appris à vivre avec. Je me suis accepté tel que je suis, et tu dois faire pareil. La différence que tu portes te suivra toute ta vie, et tu ne pourras pas la cacher pour toujours. Au contraire, c'est en l'arborant fièrement qu'elle finira par devenir insignifiante.

La petite resta silencieuse suite à ma longue explication. À voix basse, je lui demandai alors sur le ton de la confidence :

— As-tu un tiroir à trésor ma grande ?

— J'ai un sac à secret, me répondit-elle.

— Alors tu vas garder notre dessin, et le mettre dans ton sac à secret. Tu ne dis rien à ta maman, c'est notre secret à tous les deux d'accord ?

La petite acquiesça. Je pliai la feuille en quatre et la lui donnai. La fillette farfouilla ses poches et glissa le papier dans l'une d'elles, puis reposa ses petites mains sur mes cuisses. La pression de ses doigts était un peu plus forte, et sa voix moins triste :

— Moi aussi je te donne mon dessin alors. C'est un échange entre copains. Tu veux bien être mon copain ?

— Mathilde ! Qu'est-ce que tu fabriques ? !

La mère de l'enfant brisa notre instant.

— Pardon vraiment, je suis désolée ! Elle a dû vous poser plein de questions, je suis vraiment navrée qu'elle vous ait dérangé comme ça. Mathilde, où sont tes gants enfin ?

Dans la précipitation, la mère se cogna les pieds contre la petite table sur laquelle la fillette avait laissé ses gants, ce qui fit un bruit épouvantable dans cette salle d'attente silencieuse. Elle ôta les mains de sa fille de ma jambe, et lui remit ses gants en ne cessant de la sermonner, alors que je lui disais que sa fille ne m'avait pas importuné du tout.

— Regarde, en accourant pour arrêter tes bêtises j'ai fait tomber toutes mes affaires !

À grands bruits et soupirs, elle s'affaira à ramasser ce qu'elle avait fait tomber par terre. Je profitai de ce moment d'inattention pour rappeler Mathilde vers moi.

— Mathilde, je suis d'accord pour être ton copain. Tu la topes ?

Je levai la main devant moi, et elle tapa doucement dans ma paume, avec son adorable maladresse d'enfant.

— N'oublie pas notre secret, lui glissai-je à l'oreille.

Quelques secondes après, la mère me dit au revoir, et repartit brutalement avec la petite Mathilde. La porte claqua. Je soupirai, en repensant à ma tendre mais pénible enfance, et j'espérai au plus profond de mon cœur que cette douce enfant puisse parvenir à s'accepter, malgré une mère pareille. Mélancolique, je pliai le dessin et le mis dans ma poche. Il me servirait de marque-page pour mon livre. Jamais je n'oublierais la petite Mathilde.

Le lendemain après-midi, lorsque sa mère eut le dos tourné au parc, la petite Mathilde enleva ses gants. Les autres enfants lui posèrent beaucoup de questions, mais ils continuèrent de jouer avec elle. Mathilde fut très surprise, mais surtout heureuse. À cet instant, le vieux morceau de honte qui lui rongeait si souvent le cœur s'envola, loin au-dessus des rires des enfants. La petite Mathilde ne remit plus jamais ses gants.

Le vieil homme rencontré la veille avait été la clé de cette délivrance, mais il ne le sut jamais. Pourtant, il aurait tout donné pour que ses yeux laiteux puissent voir l'éclosion de ce papillon. La seule image qu'il aurait vue de sa vie.

Quelque part, le dessin de Mathilde est toujours bien serré entre les pages de son livre en braille.

Remerciements

Je tiens à dire un grand MERCI à Clémentine B. et Aurélien Kirchner pour les dessins qu'ils ont réalisés tout spécialement pour moi, afin d'illustrer mes nouvelles.

Je les remercie pour leur patience et leur écoute afin de satisfaire mes demandes, et pour avoir mis leurs talents au service de ma plume.

À mon cher frère qui m'a toujours soutenue et à ma merveilleuse amie : MERCI !

Attributions des dessins

Aurélien Kirchner a réalisé les œuvres suivantes :
- *Douce Liberté*
- *Juste un jeu*
- *La ville de Théo*
- *Le dernier crépuscule*
- *Le sens de ma vie*

Clémentine B a réalisé les œuvres suivantes :
- *L'Attente*
- *La sortie*
- *Cliché d'un repas*
- *Tic-Tac*
- *La normalité de la différence*

Imprimé en France
ISBN 979-10-203-5628-4
Dépôt légal : 1er trimestre 2023